COLLECTION

DE M. LE BARON

E. DE BEURNONVILLE

TABLEAUX MODERNES

VENTE

Le Jeudi 29 Avril 1880

COMMISSAIRE-PRISEUR

M. CHARLES PILLET

10, rue de la Grange-Batelière.

EXPERTS

M. GEORGES PETIT   M. BRAME

7, rue Saint-Georges   47, rue Taitbout

COLLECTION de M. le BARON de BEURNONVILLE

EXPOSITION PARTICULIÈRE

DE

TABLEAUX MODERNES

HOTEL DROUOT, SALLE Nº 8

Le Mardi 27 Avril 1880, de une heure à cinq heures

Commissaire-Priseur, Mᵉ CHARLES PILLET, 10, rue de la Grange-Batelière,

EXPERTS

M. GEORGES PETIT	M. BRAME
rue Saint-Georges, 7	rue Tatibout, 47

Paris. — Typ. PILLET ET DUMOULIN.

CATALOGUE

DES

TABLEAUX MODERNES

COMPOSANT LA COLLECTION

DE M. LE BARON

E. DE BEURNONVILLE

DONT LA VENTE AURA LIEU

HOTEL DROUOT, SALLE N° 8,

Le Jeudi 29 *avril* 1880

A TROIS HEURES.

EXPOSITIONS :

PARTICULIÈRE : Le Mardi 27 Avril 1880.
PUBLIQUE : Le Mercredi 28 Avril 1880.

DE UNE HEURE A CINQ HEURES.

COMMISSAIRE-PRISEUR :

Mᵉ CHARLES PILLET

10, rue de la Grange-Batelière

EXPERTS :

M. GEORGES PETIT | M. BRAME
7, rue Saint-Georges | 47, rue Taitbout

Chez lesquels se distribue le Catalogue.

CONDITIONS DE LA VENTE

Elle sera faite au comptant.

Les acquéreurs payeront *cinq pour cent* en sus des adjudications.

Paris. — Typ. PILLET et DUMOULIN, 5, rue des Grands-Augustins.

DÉSIGNATION

COROT

I — *Le soir.*

Le soleil a disparu, le ciel est encore tout
inondé de lumière ; la prairie et le gros massif
d'arbres dont la silhouette se découpe sur le ciel,
sont déjà enveloppés dans l'ombre douce et
mystérieuse du crépuscule. Des jeunes filles
viennent, en dansant, déposer des guirlandes de
fleurs et sacrifier au dieu Pan.

COROT

2 — *L'étang*.

Le soleil qui vient de se lever inonde de lumière les roseaux et les saules qui bordent l'étang. La berge et le coteau qui ferme l'horizon, sont encore baignés dans la brume du matin.

Tableau fin et argenté.

Haut., 51 cent.; larg., 80 cent.

COROT

3 — *Le matin.*

Le soleil n'a pu encore traverser les brumes légères qui couvrent l'étang; quelques saules bordent la rive où une paysanne coupe des roseaux.

Haut., 32 cent.; larg., 51 cent.

COROT

4 — *Le saule.*

Près d'un saule dont le feuillage se découpe sur un ciel clair et lumineux, sont couchées deux paysannes. Au loin apparaissent quelques toits de chaume.

Haut., 38 cent. ; larg., 45 cent.

COROT

5 — *La chasse, sujet allégorique.*

Tableau ayant fait partie de la collection de Daubigny.

Haut., 53 cent.; larg., 95 cent.

COROT

6 — *Le chemin creux.*

Haut., 63 cent. ; larg., 47 cent.

COROT

7 — *Le pont de Mantes.*

Étude d'un ton fin et argenté, provenant de la vente Corot.

Haut., 20 cent.; larg., 43 cent.

DAUBIGNY

8 — *Une habitation à Cordoue.*

Haut., 23 cent.; larg., 32 cent.

DECAMPS

9 — *Paysage.*

Un cours d'eau traverse la prairie où un cheval
blanc est en train de paître ; plus loin le coteau
boisé est surmonté d'un château fort qui se
découpe sur un ciel bleu, marbré de légers
nuages blancs.

Haut., 14 cent. ; larg., 17 cent.

DECAMPS

10 — *Armée en marche.*

Un corps d'armée du moyen âge traverse une rivière; les cavaliers et les chariots de bagages passent sur un pont qui se détache en silhouette sur le soleil couchant; plusieurs soldats se sont engagés à pied dans les eaux basses de la rivière.

Les deux figures du premier plan ont été ajoutées par Pettenkofen.

Haut., 25 cent.; larg., 40 cent.

DELACROIX

(EUGÈNE)

11 — *Christ au tombeau.*

La scène se passe dans un site escarpé et sau-
vage. Le Christ a été descendu de la croix et reste
étendu sur la pierre de son tombeau. Agenouillée
près de lui, la Vierge, tout en pleurs, soutient
sur ses genoux la tête de son fils. La Madeleine
et trois autres témoins de ce drame poignant
demeurent plongés dans la plus profonde douleur.
Admirable composition, d'une harmonie triste
et imposante.

Haut., 1 m. 60 ; larg., 1 m. 30.

DELACROIX

(EUGÈNE)

12 — *Jésus endormi dans la barque.*

La tempête vient d'éclater et le vent soulève les flots avec fureur. Le Christ est endormi dans la barque au milieu de ses disciples. Les matelots, saisis de frayeur, essayent de carguer les voiles que le vent leur arrache.

Haut., 59 cent.; larg., 72 cent.

DELACROIX

(EUGÈNE)

13 — *Les convulsionnaires de Tanger.*

Ces fanatiques portent le nom d'Yssaouïs, de celui de Ben Yssa, leur fondateur. A de certaines époques ils se réunissent hors des villes, et, s'animant par la prière et par des cris frénétiques, ils entrent dans une ivresse véritable, et, répandus ensuite dans les rues, ils se livrent à mille contorsions et souvent à des actes dangereux.

Daté 1857.

Variante du tableau exposé au Salon de 1838.

Haut., 45 cent.; larg., 56 cent.

DELACROIX

(EUGÈNE)

14 — *Lé roi Jean à la bataille de Poitiers.*

Son jeune fils Philippe le Hardi cherche à le protéger dans la mélée.

Esquisse terminée du tableau qui faisait partie de la collection de M. le vicomte d'Osenbray.

Haut., 54 cent; larg., 65 cent.

DELACROIX

(EUGÈNE)

15 — *La mort d'Hassan.*

« Il est étendu sur la terre, le visage tourné
vers le ciel ; son œil encore ouvert menace son
ennemi, comme si la mort y avait laissé sur-
vivre la haine. »

(*Le Giaour*, Lord Byron.)

Haut., 32 cent.; larg., 40 cent.

DELACROIX

(EUGÈNE)

16 — *Cheval attaqué par un tigre.*

Le cheval a été renversé sur le dos et le tigre qui l'a saisi à la gorge lui déchire le poitrail avec ses griffes.

Haut., 23 cent.; larg., 31 cent.

DELACROIX
(EUGÈNE)

17 — *Le Christ descendu de la croix.*

Haut , 25 cent. ; larg., 31 cent.

DELACROIX
(EUGÈNE

18 — *Tigre debout.*

Haut., 23 cent. 1/2; larg., 32 cent.

DELACROIX
(EUGÈNE)

19 — *Étude faite à Champrosay.*

Haut., 40 cent. ; larg., 71 cent.

DIAZ

20 — *L'Ile des Amours.*

Des groupes de nymphes sont dispersés sous de grands arbres. Autour d'elles, voltigent des amours qui se suspendent aux branches et courent de l'une à l'autre.

Composition très brillante et animée de nombreuses figures.

Daté 1858.

Haut., 47 cent.; larg., 67 cent.

DIAZ

21 — *Intérieur de forêt.*

Le soleil traverse le feuillage et répand de
longues traînées de lumière sur les troncs d'arbres
et les bruyères qui couvrent le sol.

Tableau très brillant de ton.

Haut., 26 cent.; larg., 34 cent.

DIAZ

22 — *Les Pyrénées.*

Au premier plan, un paysan basque avec son chien ; au fond, la cime des montagnes couverte de neige.

Haut., 31 cent.; larg., 40 cent.

DIAZ

23 — *La promenade dans le parc.*

Haut., 31 cent; larg., 19 cent.

DIAZ

24 — *Un chêne en forêt.*

Haut., 39 cent.; larg., 32 cent.

DUPRÉ

(JULES)

2 5 — *Un coucher de soleil.*

Les nuages qui courent dans le ciel sont empourprés des rayons du soleil couchant ; la route,
les chaumières, les bouquets d'arbres disséminés
çà et là, dans la rue du village ; tout est impré-
gné de sa lumière dorée.

Haut., 23 cent. 1/2 ; larg., 41 cent.

DUPRÉ

(JULES)

26 — *Vaches au bord d'une mare.*

Haut., 45 cent.; larg., 56 cent.

DUPRÉ

(JULES)

27 — *Une barque de pêcheurs (marine).*

Une barque, voiles déployées, est soulevée par le flot ; le ciel est chargé de nuages sombres qui font prévoir un grain.

Haut., 54 cent ; larg., 65 cent.

FICHEL

28 — *Un liseur.*

Haut. 14 cent.; larg., 12 cent.

FROMENTIN

29 — *Cavalier arabe.*

Haut., 44 cent.; larg., 65 cent.

GÉRICAULT

30 — *Cheval à l'écurie.*

Haut., 45 cent. ; larg., 54 cent.

HAMON

31 — *L'amour en visite.*

Haut., 32 cent.; larg., 40 cent.

ISABEY

32 — *Les petits bûcherons.*

Haut., 18 cent.; larg., 28 cent.

JACQUE

(CHARLES)

33 — *Bergerie.*

Un joyeux rayon de soleil pénètre dans la ber-
gerie par la porte entr'ouverte. Les moutons se
pressent autour du berger qui va remplir les ra-
teliers. Au premier plan quelques poules picoren t
dans la paille.

JACQUET

34 — *Tête de jeune fille.*

Haut., 55 cent.; larg., 45 cent.

JACQUET

35 — *Tête de femme.*

Haut., 32 cent.; larg., 24 cent.

MEISSONIER

36 — *Les cavaliers.*

Le vent souffle à travers la plaine et le ciel chargé de nuages fait prévoir l'orage. Deux cavaliers longent la berge d'un étang et gagnent un petit bois qu'on aperçoit à l'horizon.

Haut., 10 cent.; larg., 14 cent. 1/2.

MEISSONIER

*3*7 — *L'État-major.*

Deux cavaliers se sont détachés du gros de l'état-major et avancent vers le spectateur. Celui de gauche, un général du premier empire, indique du doigt à un officier de cuirassiers la position qu'il doit faire occuper à son régiment et lui donne ses dernières instructions avant d'aller au feu. Derrière eux, la cavalerie, rangée en ordre de bataille à travers champs, n'attend plus qu'un ordre pour s'ébranler.

Daté 1879.

Haut., 13 cent. 1/2; larg., 10 cent. 1/2.

MILLET

(JEAN-FRANÇOIS)

38 — *Berger et son troupeau.*

Le ciel est sombre comme avant l'orage, le
berger consulte l'horizon et rassemble son troupeau.

Tableau d'une grande souplesse d'exécution.

Haut., 34 cent. ; larg., 26 cent.

MILLET

(JEAN-FRANÇOIS)

39 — *La fileuse.*

Assise devant un rouet, son fuseau à la main,
une jeune paysanne est en train de filer. La
lumière tamisée qui l'enveloppe, la simplicité de
la composition, tout, dans cet intérieur, respire
un air de paix et de travail.

MILLET

(JEAN-FRANÇOIS)

40 — *Bergère assise*.

Coiffée d'une marmotte rouge et enveloppée
dans son manteau de laine grise, une jeune bergère est assise à l'entrée de la forêt et garde ses
moutons qui paissent sous les grands arbres.

Haut., 45 cent.; larg., 37 cent.

MILLET

(JEAN-FRANÇOIS)

41 — *Paysan se reposant après la journée.*

Haut., 21 cent.; larg., 13 cent.

MILLET

(JEAN-FRANÇOIS)

42 — *Paysanne assise se reposant.*

Haut., 23 cent.; larg., 17 cent.

PETTENKOFEN

43 — *Cheval à l'écurie.*

Haut., 24 cent.; larg., 32 cent.

RICARD

(GUSTAVE)

44 — *Tête de femme.*

Haut., 45 cent.; larg., 35 cent.

ROUSSEAU

(THÉODORE)

4 5 — *Le givre.* (*Hauteurs de Valmondois, près l'Isle-Adam*).

Le soleil a disparu ; le ciel couvert de nuages sombres est traversé au centre par une bande d'un rouge violent et froid qui donne au paysage couvert de givre un aspect d'une tristesse imposante. Une grande ligne de peupliers, une chaumière au milieu des arbres et le coteau lui-même qui ferme l'horizon, tout est déjà enveloppé dans l'ombre épaisse d'un soir d'hiver.

Tableau d'une harmonie triste et émouvante.

Haut., 62 cent.; larg., 97 cent.

ROUSSEAU

THÉODORE)

46 — *Coucher de soleil après l'orage.*

L'orage s'est apaisé; les nuages se divisent empourprés par les rayons du soleil couchant. Au milieu des roches qui bordent un ruisseau, un bouquet d'arbres se détache vigoureusement sur le ciel mouvementé.

Haut., 41 cent.; larg., 63 cent.

ROUSSEAU

(THÉODORE)

47 — *Les bûcheronnes*. *(Plateau de Belle-Croix, forêt de Fontainebleau).*

Sur un monticule boisé, se dresse un vieux chêne au feuillage jauni. Près de là, deux femmes font des fagots au milieu des broussailles et des arbustes qui couvrent le sol. Vers la droite, une autre paysanne conduit son âne chargé de bois.

Tableau d'une grande impression de solitude.

Haut., 66 cent. ; larg., 1 m. 02 cent.

ROUSSEAU

(THÉODORE)

48 — *Une chaumière dans le Berri.*

Au milieu d'un bouquet d'arbres dont la
silhouette se découpe sur un ciel gris et fin, passe
un sentier près d'une chaumière.

Haut., 24 cent.; larg., 31 cent.

ROUSSEAU

(THÉODORE)

49 — *L'étang, coucher de soleil.*

Le soleil se couche dans un ciel empourpré.
Une ligne d'arbres déjà sombres, bordent la rive
d'un étang et se reflètent dans l'eau. Au premier plan, un pêcheur dans sa barque tend ses
filets.

Haut., 25 cent. ; larg., 33 cent.

ROUSSEAU

(THÉODORE)

50 — *Les marais de Tiffauge, en Vendée.*

Tout un monde respire dans les moindres détails de ce site accidenté. Les cailloux, les flaques d'eau, les arbustes, les mille petits ruisseaux qui courent à travers les hautes herbes, le soleil enveloppe tout et fait sortir du feuillage un petit moulin à eau tout ensoleillé.

Tableau ayant appartenu à Diaz.

Daté 1835.

Haut., 22 cent. ; larg., 33 cent.

ROUSSEAU

(THÉODORE)

5 1 — *La route de Chailly.*

Sur un ciel bleu et transparent se détache un
monticule semé d'arbres au milieu des roches.
Une petite route le contourne et va se perdre
dans les sinuosités de la plaine. Quelques paysannes conduisent leurs vaches aux champs.

Haut., 21 cent.; larg., 26 cent.

ROUSSEAU

(THÉODORE)

52 — *Forêt de Fontainebleau. (Grisaille).*

Un sentier qui descend d'un monticule cou-
ronné de chênes et de peupliers, conduit au bord
d'une mare.

Haut., 27 cent.; larg., 35 cent.

ROUSSEAU

(THÉODORE)

53 — *Soleil couchant.*

Le soleil a disparu derrière la colline ; le ciel
et les nuages sont empourprés de ses rayons. Les
chaumières, les arbres, la route qui gravit le
coteau, tout est déjà plongé dans la lumière incer-
taine du crépuscule.

Haut., 37 cent. ; larg., 32 cent.

ROUSSEAU

(THÉODORE)

54 — *Paysage d'Auvergne.*

Le château se découpe sur un ciel bleu où roulent quelques nuages blancs. L'horizon est borné par une ligne de montagnes.

Haut., 42 cent. ; larg., 64 cent.

ROUSSEAU

(THÉODORE)

55 — *Le château de Royat.*

Au premier plan sont groupées les maisons
d'un village ; à gauche s'élèvent de petites col-
lines ; plus loin, les sinuosités de la plaine vont
se perdre à l'horizon,

Tableau peint sur papier.

Haut., 23 cent.; larg. 32 cent.

ROUSSEAU

(THÉODORE)

56 — *Paysage d'automne.*

Effet de soir.

Haut., 33 cent.; larg., 20 cent.

TROYON

57 — Le Retour à la ferme.

Le ciel est couvert et annonce l'orage ; un berger
à cheval ramène son troupeau. Vaches et moutons longent la lisière d'un bois sous la garde
d'un chien noir. Plus loin, à gauche, deux
paysans causent dans un champ.

Daté 1850.

Haut., 5o cent. ; larg., 78 cent.

TROYON

58 — *La Rentrée à la ferme, le soir.*

Un troupeau de vaches et de moutons rentre à
à la ferme, conduit par une paysanne et un jeune
garçon.

Le soleil, qui disparaît à l'horizon, éclaire
encore le ciel; toute la scène au premier plan est
déjà dans l'ombre.

Haut., 66 cent.; larg., 1 m.

TROYON

59 — *Vache blanche, tachée de roux, ar-
rêtée près d'un bâtiment de ferme.*

Paysage inachevé. (*Vente Troyon.*)

Haut.. 46 cent. ; larg., 35 cent.

TROYON

60 — *Le nouveau-né.*

L'orage vient d'éclater et la pluie tombe à
torrents ; un berger portant un agneau dans ses
bras, pousse son troupeau devant lui à travers
des champs tout détrempés.

Haut., 43 cent.; larg., 35 cent.

RED. :

21

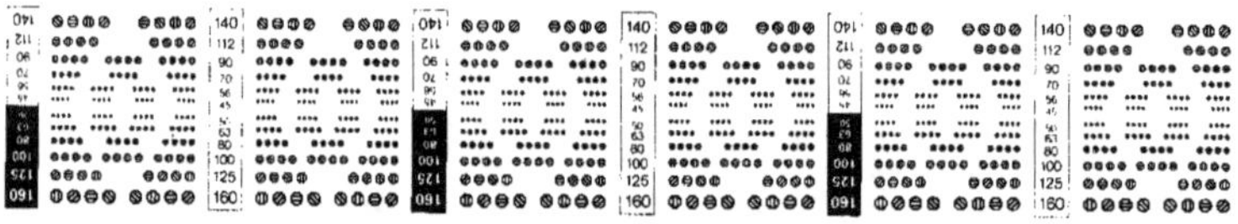

379 89 70
graphicom

MIRE ISO N° 1
NF Z 43-007
AFNOR
Cedex 7 - 92080 PARIS-LA-DÉFENSE

0 1 2 3 4 5 6 7 8 9 10

BIBLIOTHEQUE
NATIONALE
DE FRANCE

****

CHATEAU
DE
SABLE
1995